CE LIVRE
APPARTIENT A':
OFFERT PAR :
REÇU LE :

RETROUVEZ FUTÉKATI DANS LA BIBLIOTHÈQUE ROSE

Futékati et le poisson d'avril

Futékati et le fantôme

Le secret de Futékati

Futékati et le voleur du musée

Futékati et la farce de Corentin

Futékati et le magicien

Futékati et le concours de natation

Futékati au secours de Quentin

Futékati et l'homme masqué

Futékati et le drôle de Père Noël

L'étrange mercredi de Futékati

Futékati et la lettre-surprise

Futékati et l'extraordinaire Niko Cacao

Béatrice Nicodème

Les énigmes de Futékati

Futékati et l'extraordinaire Niko Cacao

Illustrations de François San Millan

HACHETTE

Hachette Livre, 43, quai de Grenelle, 75015 Paris.

J'ai 7 ans et je m'appelle Futékati. Tu trouves que c'est un drôle de prénom ? C'est papa qui l'a choisi, et papa est japonais. Il paraît que je lui ressemble : j'ai les yeux et les cheveux noirs comme la nuit.

J'ai un grand frère : Niko. En réalité, il s'appelle Nicolas, mais je l'appelle Niko parce que c'est plus rigolo. Lui, il ressemble à maman : il a des lunettes et les cheveux tout bouclés.

Maman est professeur de chant. Elle a la plus belle voix du monde. En tout cas, c'est ce que dit papa.

Papa, lui, est docteur, un docteur pas comme les autres : il soigne les malades en leur enfonçant de petites aiguilles un peu partout. C'est bizarre, non ? Mais il paraît que ça ne fait pas mal du tout.

Et puis, on a un chat. On l'a appelé Jokari parce qu'il court aussi vite qu'une balle de jokari !

1

L'extraordinaire Niko Cacao

En général, quand je veux inviter Pauline à la maison, je choisis un jour où Niko n'est pas là. J'aime beaucoup mon frère, mais il est vraiment trop pénible. Il suffit qu'on regarde une cassette pour qu'il ait envie d'écouter un CD, et quand on discute dans ma chambre il vient sans arrêt nous déranger.

Aujourd'hui, il devait passer l'après-midi chez son copain Xavier avec Jean et Laurent, et je pensais qu'on serait tranquilles. Mais finalement les garçons ont débarqué chez nous, parce qu'il y avait une fuite d'eau chez Xavier et que l'appartement était à moitié inondé. Et je ne pouvais pas aller chez Pauline, puisque sa maman recevait des amies. Quelle malchance !

Au début, tout s'est bien passé. Pauline et moi, on est restées dans ma chambre avec Jokari pendant que les garçons s'amusaient à un jeu vidéo. Ils poussaient de grands cris à chaque fois qu'ils réussissaient un coup gagnant, mais cela ne nous dérangeait pas trop. Avec les portes fermées, on les entendait à peine.

À quatre heures et demie, Niko est entré en trombe dans ma chambre.

— Vous goûtez avec nous, les filles ? Je vais préparer du chocolat chaud. Maman m'a dit qu'elle avait acheté une brioche. Tu sais où elle l'a rangée, Futékati ?

Niko est toujours dans la lune, et j'adore le taquiner. Avec mon plus grand sérieux, je lui ai répondu :

— Dans la machine à laver, comme d'habitude !

Il a tapé son front avec son index.

— Dans la machine à laver ? Tu es folle, ou quoi ?

J'ai éclaté de rire.

— Enfin, Niko, tu sais bien que maman met toujours les

brioches dans la boîte à pain !

— Ah oui, c'est vrai, a marmonné mon frère en repartant vers la cuisine.

Pauline et moi, on a étalé une jolie nappe sur la petite table ronde du salon, on a sorti du buffet les plus belles tasses, un grand plat doré pour la brioche et des serviettes en papier qui imitent la dentelle.

— On dirait que c'est fête, aujourd'hui ! s'est écrié Laurent.

Jean l'a poussé du coude en gloussant.

— Les filles sont tellement contentes qu'on leur fasse l'honneur de goûter avec elles…

— N'importe quoi ! a répliqué Pauline en haussant les épaules.

— Le chocolat est presque prêt ! a alors crié Niko depuis la cuisine.

Ses copains se sont assis autour de la table. À ma gauche il y avait Laurent, puis Pauline, Xavier, et Jean. La place à ma droite était pour Niko. Jokari, lui, s'est roulé en boule à mes pieds. Il avait dû sentir l'odeur du chocolat...

— Voilà, voilà ! a clamé Niko en apportant un énorme pot de chocolat tout fumant. Ces messieurs-dames sont servis !

Il avait mis le tablier blanc de maman. Il a rempli les tasses

avec des gestes très élégants, puis s'est assis à côté de moi en se frottant les mains.

Le chocolat était tellement épais que la cuillère tenait presque droite dans la tasse. Niko avait dû mettre des tonnes de cacao ! Comme j'aime bien que le chocolat soit très sucré, j'ai ajouté deux cuillérées à café de sucre en poudre.

— Pfff ! a protesté Niko. Tu le sucres avant même d'y avoir goûté ! Mon chocolat est parfait, tu vas tout gâcher !

— Pas du tout ! Je te connais, tu le fais toujours beaucoup trop amer.

Niko a hoché la tête d'un air exaspéré.

— Tu n'y connais rien, ma pauvre fille. Tu ne sais donc pas qui je suis ? L'unique, l'admirable, l'imbattable, l'extraordinaire Niko Cacao !

Les garçons ont applaudi en criant :

— Vive Niko Cacao !

Pauline aussi a applaudi, et, après avoir goûté son chocolat, elle a félicité Niko. Un peu vexée, j'ai regardé mon frère de haut :

— Et la brioche, tu ne l'as pas trouvée ? Cherche bien, elle est peut-être dans la cafetière électrique !

— Pfff ! a fait encore Niko.

Puis il a bondi sur ses pieds et a couru dans la cuisine.

Au bout d'une minute, il a crié :

— Perdu ! Elle n'est ni dans la boîte à pain, ni dans la machine à laver, ni dans la cafetière !

On a tous éclaté de rire. Et tout à coup, pendant que Niko ouvrait tous les placards en rouspétant, j'ai eu envie de lui jouer un tour.

En faisant signe aux autres de ne rien dire, j'ai couru sur la pointe des pieds jusqu'au buffet de la salle à manger, j'ai attrapé la salière, et je suis revenue verser une pincée de sel dans le chocolat de mon frère. J'avais hâte de voir sa tête quand il le boirait ! De toute façon, ce

n'était pas bien méchant. Il n'aurait qu'à le jeter et s'en remplir une autre tasse.

Dans la cuisine, Niko commençait à s'énerver. Il a hurlé :

— Viens m'aider à chercher, Futékati ! Mon chocolat va refroidir ! Dépêche-toi un peu !

Ce qu'il est agaçant ! Il ne trouve jamais rien…

Mais, cette fois, il avait des excuses. Même moi, j'ai mis un temps fou à trouver la brioche. Maman l'avait enveloppée dans un torchon blanc pour qu'elle ne se dessèche pas, et elle l'avait mise tout en bas du placard.

On s'est dépêché de découper des tranches et tout le monde s'est servi. Même Jokari a eu droit à une grosse bouchée.

— Je vais enfin pouvoir déguster mon merveilleux breuvage, a fanfaronné Niko.

On a pris nos tasses, on a commencé à boire... et j'ai poussé un cri épouvantable.

— Quelle horreur ! Vous êtes dégoûtants !

— Qu'est-ce qui t'arrive, encore ? a demandé Niko.

J'ai lancé des regards noirs aux garçons.

— Vous avez profité que j'étais à la cuisine pour échanger la tasse de Niko et la mienne !

En fait, à leur place, j'aurais sûrement fait la même chose. Si Niko avait mis du sel dans la tasse de Pauline, j'aurais échangé les deux tasses pour qu'il voie comme c'est bon, le chocolat salé !

Niko a très vite compris ce qui s'était passé. Et lui aussi a trouvé la blague plutôt amusante. Mais Xavier a déclaré très sérieusement :

— On n'a absolument pas échangé vos deux tasses.

J'ai répliqué :

— Bien sûr que si ! Tu me prends pour une idiote !

— Tu n'as qu'à goûter le chocolat de Niko, a répondu Xavier. Tu verras qu'il n'est pas très sucré, et que ce n'est donc pas le tien.

Niko m'a tendu sa tasse pour que j'y goûte. Xavier n'avait pas menti : il était plutôt amer, exactement comme mon frère a l'habitude de le préparer. Cette fois, je ne comprenais plus rien. J'ai dit aux garçons :

— Mais alors, qui a mon chocolat ? Vous avez mélangé toutes les tasses ?

— Pas du tout, dit Jean. En fait, on n'a touché à aucune tasse. Mais comme tu es une grande détective, tu vas sûrement découvrir pourquoi tu t'es retrouvée avec le chocolat salé.

Ils se sont tous mis à m'observer en s'efforçant de ne pas rire. Si je ne trouvais pas la solution, c'était la honte !

J'ai fermé les yeux, je me suis concentrée… et tout à coup j'ai trouvé !

Et toi, tu sais comment les garçons s'y sont pris pour me donner le chocolat de Niko sans avoir besoin de toucher à sa tasse ?

Ils se sont contentés de faire tourner la table dans le sens des aiguilles d'une montre, pour amener la tasse de Niko devant ma place. C'était donc Laurent qui avait mon chocolat, puisqu'il était assis à ma gauche.

2

Célia prend la mouche

Hier, c'était mardi-gras, et aujourd'hui Rémi nous a tous invités à manger des crêpes chez lui. Il m'a demandé de venir avant les autres pour l'aider à préparer la pâte et à décorer la table. Je suis tellement excitée que je n'ai presque rien mangé au déjeuner, et j'ai filé tout de suite après, en laissant la vaisselle à Niko. De toute façon, c'était à son tour de l'essuyer.

Rémi habite un immeuble très moderne avec de grandes baies vitrées et un immense hall rempli de plantes vertes.

Trois secondes après avoir sonné à l'interphone, j'ai entendu un grésillement et une voix horrible qui demandait :

— Qui est-ce ?

— C'est moi !

Un rire affreux a résonné dans le haut-parleur. On se

serait cru dans un film d'horreur.

— Et c'est qui, moi? a demandé la drôle de voix.

— Futékati, tiens!

Je commençais vraiment à me demander si j'avais appuyé sur le bon bouton!

— O.K., je t'ouvre.

J'étais rassurée. Depuis une semaine, « O.K. » est l'expression favorite de Rémi, donc c'était sûrement lui qui m'avait répondu.

Il m'attendait à la porte de son appartement. Après lui avoir fait la bise, je lui ai demandé pourquoi il s'était amusé à prendre cette voix horrible.

— J'ai parlé comme d'habitude, a-t-il répondu en m'entraînant vers la cuisine. L'interphone est déréglé, quelqu'un doit venir le réparer. Il faut se dépêcher. Maman a déjà terminé la pâte, mais on doit encore préparer ce qu'on mettra dans nos crêpes.

Pour fourrer les crêpes, j'avais une foule d'idées: chocolat, noix de coco râpée, miel, bananes coupées en rondelles, jus de citron, confiture…

Rémi et moi, on a disposé des saladiers sur la table de la cuisine et on les a remplis avec les différents ingrédients. Puis il est allé préparer la table dans la salle à manger, pendant que

je m'amusais à faire des cocottes avec les serviettes en papier. La maman de Rémi a semé un peu partout des petits bouquets de fleurs séchées. La table était superbe !

À quatre heures pile, l'interphone a grésillé. Je me suis précipitée vers l'appareil.

— Qui est-ce ?

— C'est Pauline ! a répondu une voix enrouée.

J'ai appuyé sur le bouton et entrouvert la porte, et j'ai couru rejoindre Rémi. Je venais à peine d'arriver dans la cuisine que Pauline était déjà là.

— Ton ascenseur est une vraie fusée, ma parole ! s'est-elle exclamée. Les autres sont arrivés ?

— Non, tu es la première, a répondu Rémi.

— On va être combien ?

Rémi a agité les mains d'un air un peu affolé.

— J'ai carrément invité toute la classe. J'espère que tout le monde tiendra dans la pièce !

Pauline a levé les yeux au ciel.

— Ne me dis pas que tu as invité Célia !

— Je ne pouvais pas faire autrement, a expliqué Rémi. Depuis huit jours, on n'arrête pas de parler de cette fête. Elle m'en aurait voulu à mort.

Pauline n'aime pas beaucoup Célia, et d'ailleurs elle n'est pas la seule. Célia, c'est le genre de fille qui sait toujours tout et qui fait tout mieux que les autres. Lorsque la maîtresse pose une question, elle est toujours la première à lever le doigt, même quand elle n'est pas sûre de la réponse.

Moi non plus, je ne l'aime

pas trop. Mais, depuis quelques semaines, elle se fait un peu moins remarquer. Et puis je n'avais pas envie que l'après-midi se termine en chamailleries, alors j'ai pris sa défense :

— Elle est beaucoup moins désagréable depuis qu'elle a un amoureux.

— Un amoureux ? a répété Pauline d'un ton moqueur. Je me demande bien quel garçon pourrait tomber amoureux d'elle !

Il y a des fois où Pauline exagère. Elle était avec moi le jour où Florian attendait Célia à la sortie de l'école, et elle l'a même trouvé très beau.

— Enfin bon, a-t-elle fini par

admettre. Elle est peut-être un peu moins pénible, mais elle change de vêtements tous les jours et elle passe son temps à prendre des poses de star... Et puis de toute façon elle m'énerve !

Quand Pauline a une idée en tête, il n'y a pas moyen de la faire changer d'avis. Heureusement, nos copains ont commencé à arriver et elle a oublié Célia. L'interphone n'arrêtait pas de sonner, et au bout d'un quart d'heure l'appartement était plein à craquer.

— Si on s'attaquait aux crêpes ? a suggéré la maman de Rémi.

Là, c'est devenu la foire. Les

garçons se battaient pour être les premiers à faire sauter leurs crêpes, Corentin a fait un vol plané en glissant sur une peau de banane, le chocolat chaud a débordé de la casserole, et Rémi s'est brûlé en attrapant une poêle à pleines mains. Finalement, presque tout le monde a mangé debout dans la

cuisine et dans l'entrée. C'était bien la peine d'avoir préparé une si belle table dans la salle à manger !

— Tiens, Célia n'est pas venue, a tout à coup remarqué Pauline. Elle a dû préférer aller au cinéma avec son amoureux !

Comme par hasard, l'interphone a sonné pile à ce moment-là.

Comme Rémi avait le nez dans le placard à la recherche d'un pot de Nutella, j'ai couru dans l'entrée pour décrocher.

— Qui est-ce ?

— Célia ! a répondu une grosse voix.

Au moment où j'appuyais sur le bouton, Pauline est arrivée

dans mon dos, m'a chatouillée à la taille, et est repartie vers la cuisine en criant :

— Attention, attention, voilà Célia la star !

Il était temps que Célia arrive : il n'y avait presque plus de pâte à crêpes. Je me suis sentie un peu obligée de lui donner celle que je m'apprêtais à manger. D'ailleurs j'en avais tellement avalé que je n'avais plus très faim…

Toujours aussi aimable, elle ne m'a même pas remerciée et elle a commencé à se moquer de Rémi :

— Si tu avais entendu ta voix dans l'interphone… On aurait dit une vieille mémé !

J'ai éclaté de rire.

— Ce n'était pas lui, c'était moi !

Célia a mâchonné sa crêpe en fronçant les sourcils. Si elle n'aime pas le chocolat chaud, elle n'avait qu'à le dire !

Après le goûter, on a décidé de jouer au jeu de l'assassin.

J'adore ce jeu. On tire des petits papiers qui sont tous blancs sauf deux : sur l'un, on a écrit *victime*, et sur l'autre *assassin*. Normalement on devrait préparer aussi un papier *détective*. Mais, quand je joue avec mes copains, ils veulent toujours que ce soit moi qui mène l'enquête. Ils trouvent que je suis un excellent détective !

Bien sûr, lorsque l'assassin et la victime lisent ce qui est écrit sur leur petit papier, ils doivent rester aussi calmes que s'ils avaient eu un papier blanc. Ensuite, on ferme les rideaux et on éteint les lumières. On se balade dans la pièce, et tout à coup l'assassin donne un grand coup à la victime, qui tombe en poussant un cri.

À ce moment-là, on rallume les lumières et le détective, c'est-à-dire moi, entre dans la pièce et interroge les suspects, c'est-à-dire tout le monde.

Je pose alors toutes sortes de questions : où vous trouviez-vous lorsque la victime est morte ? la connaissiez-vous bien ? est-ce que vous étiez fâché avec elle ? possédez-vous un pistolet ?

Bien sûr, chacun invente des histoires invraisemblables pour brouiller les pistes. Mais je finis toujours par deviner qui est l'assassin. Le coupable a généralement l'air un peu gêné et n'ose pas me regarder en face, ou bien il parle à toute vitesse pour que l'interrogatoire ne dure pas trop longtemps.

Aujourd'hui, c'est Rémi qui a été assassiné. Je me suis donc montrée particulièrement sévère avec les suspects. Je les regardais dans le blanc des yeux et

je parlais sèchement, comme la directrice de l'école lorsqu'on est convoqué chez elle.

Au bout de dix minutes, je me suis plantée au milieu de mes camarades et j'ai déclaré d'un air grave :

— J'ai démasqué le coupable. Ou plutôt la coupable. C'est Mademoiselle Célia qui a poignardé Monsieur Rémi.

Il y a eu un petit silence... et tout à coup Pauline a sauté en l'air en éclatant de rire. Elle a sorti de sa poche le petit papier blanc sur lequel était écrit : *assassin*, et elle m'a dit :

— L'assassin, c'était moi ! Pour une fois tu t'es trompée, Futékati !

Je n'arrivais pas à le croire. Quand j'avais interrogé Célia, elle était toute rouge, elle bafouillait, et lorsque j'étais passée au suspect suivant elle avait poussé un soupir de soulagement. J'étais persuadée que c'était elle la coupable !

Célia m'a lancé sur un ton moqueur :

— Toi qui te prends pour la star des détectives, c'est plutôt raté !

Tous mes copains rigolaient. Rémi s'est relevé et a proposé qu'on fasse une autre partie, mais moi je n'avais plus envie. Cela m'était complètement égal de m'être trompée, mais ce qui m'énervait, c'est que

Célia m'avait joué la comédie uniquement pour m'humilier.

En fait, j'ai deviné pourquoi. Lorsqu'elle est arrivée chez Rémi, Pauline a annoncé « Célia la star ». Quelqu'un a dû le répéter à Célia, ce qui n'était pas très malin. Alors, forcément, Célia a voulu se venger. Mais pourquoi est-ce qu'elle était en colère contre moi, alors que c'était Pauline qui s'était moquée d'elle ? Quand je pense que je lui ai donné ma dernière crêpe au chocolat !

Finalement, la maman de Rémi nous a proposé de regarder une cassette vidéo. Et tout à coup, pendant qu'on s'installait un peu partout sur des coussins, j'ai compris pourquoi c'était contre moi que Célia était fâchée.

Et toi, tu as deviné pourquoi ?

Personne ne lui a répété ce qu'avait dit Pauline. Mais, lorsque Pauline a annoncé l'arrivée de Célia, je n'avais pas encore raccroché l'interphone. Célia a tout entendu, et c'est pour cela qu'ensuite elle a demandé à Rémi si c'était lui qui avait décroché. En apprenant que c'était moi, elle a pensé que c'était moi qui m'étais moquée d'elle...

3

Niko a eu chaud !

J'adore quand il fait beau et j'adore l'été, mais je trouve que cette année le soleil exagère un peu. Il brille tellement fort depuis une semaine qu'on transpire à grosses gouttes du matin au soir. Il fait chaud même la nuit, et je suis obligée de laisser ma fenêtre ouverte pour pouvoir respirer.

Aujourd'hui, heureusement, il n'y a pas d'école puisqu'on est mercredi. Et comme Madame Arabesque s'est foulé la cheville, le cours de danse a été supprimé. Danser avec cette chaleur, ça aurait été l'horreur !

Pauline a proposé qu'on aille au cinéma. Je n'aime pas trop m'enfermer quand il fait beau, mais elle m'a rappelé que la salle était climatisée. Et elle a ajouté :

— En plus, maman a promis d'acheter des glaces !

Du coup, j'ai accepté. Et j'ai drôlement bien fait, parce que, comme ça, je n'aurai pas à supporter la mauvaise humeur de Niko. Ça a commencé au petit déjeuner: il a terminé la bouteille de jus d'orange sans même m'en proposer. Ensuite, dans la matinée, quand j'ai eu le malheur de pincer trois notes sur ma guitare, il a hurlé qu'il n'arrivait pas à se concentrer. Et au déjeuner, il a décrété que Jokari mangeait salement et que ça lui coupait l'appétit.

On était tout seuls avec papa. Maman était partie voir son amie Dorothée qui vient d'avoir un bébé. D'habitude, lorsque maman n'est pas là, Niko en rajoute pour prouver à papa qu'il est « adulte » et « responsable », comme il dit.

Seulement voilà, aujourd'hui il a un contrôle de maths à réviser, et Monsieur déteste les maths. Alors c'est moi qui prends, comme toujours ! Franchement, je suis bien contente d'aller au cinéma...

Le film était génial et la glace délicieuse. Mais la climatisation était en panne ! La maman de Pauline a eu l'idée de fabriquer des éventails avec des dépliants publicitaires, mais ça ne m'a pas empêchée d'avoir mal à la tête à cause de la chaleur.

En arrivant à la maison, je me suis précipitée vers le réfrigérateur pour prendre de la limonade. Papa, l'air complètement

épuisé, était en train de se rafraîchir avec une bière. Il avait sa petite ride au-dessus du nez, celle qu'il a lorsque quelque chose le contrarie.

— Maman vient de téléphoner, a-t-il dit. Elle a eu tellement chaud sur la route qu'elle s'est évanouie en arrivant chez Dorothée. Je lui ai conseillé de passer la nuit là-bas et de ne rentrer que demain matin. Mais il n'y a aucune raison de s'inquiéter.

Je me suis plantée sous son nez et je l'ai regardé droit dans les yeux.

— Alors pourquoi tu fais cette tête ?

Papa m'a expliqué qu'il avait pris des places de spectacle :

— On devait aller voir Bilboquet, tu sais, ce comique que maman trouve tellement drôle. Je n'ai pas envie d'y aller seul, mais je ne peux pas vous emmener tous les deux puisque je n'ai que deux places.

— C'est moi qui irai ! a crié une voix dans le couloir.

Quel concierge, ce Niko ! Il faut toujours qu'il écoute aux portes. Il a surgi dans la cuisine comme une fusée, les cheveux ébouriffés et les joues toutes rouges.

— C'est à moi d'y aller, je suis l'aîné !

Je ne vois vraiment pas pourquoi il devrait toujours passer

en premier sous prétexte qu'il est le plus grand. Je lui ai répondu du tac au tac :

— Justement, puisque tu es l'aîné, tu n'auras pas peur de rester seul à la maison. Donc c'est moi qui vais aller au spectacle.

Sur le coup, Niko n'a pas su quoi répondre. Il a réfléchi un moment en fronçant les sourcils, puis s'est redressé et a dit d'un air supérieur :

— Tu ne pourras jamais garder les yeux ouverts jusqu'à la fin ! Après le dîner, tu tombes toujours de sommeil avant même qu'on ait terminé la vaisselle.

Quel menteur ! C'est toujours lui qui disparaît quand c'est son tour d'essuyer la vaisselle. En plus, je suis déjà allée plusieurs fois au spectacle et je ne me suis jamais endormie.

Je savais très bien quoi lui répondre :

— Demain, je n'ai classe qu'à neuf heures parce que Monsieur Scoubidou est absent. Tandis que toi, il faut que tu sois en superforme pour ton contrôle de maths !

— Futékati a raison, a approuvé papa.

Niko a dû trouver que ça commençait à sentir le roussi. Il s'est mis à crier tellement fort qu'on devait l'entendre depuis l'immeuble d'en face :

— Justement ! Je suis resté enfermé dans ma chambre à réviser tout l'après-midi, pendant que Mademoiselle se prélassait au cinéma ! Alors maintenant, c'est à mon tour de m'amuser un peu. Hein, papa, que c'est à mon tour ?

Papa a regardé Niko en souriant d'un seul côté de la bouche. Je le connais par cœur, papa. Quand il sourit de cette façon, ça veut dire qu'il est sur le point de céder.

— Tu as travaillé sérieusement ? a-t-il demandé à Niko. Je peux te faire confiance ?

— Bien sûr, papa ! a répondu Niko. Et puis le contrôle n'est que l'après-midi, alors ce n'est

pas grave si j'ai un peu sommeil le matin.

— Eh bien, c'est d'accord, a conclu papa. Tu n'es pas trop déçue, Futékati ?

Pour rien au monde je n'aurais voulu montrer à Niko que j'étais furieuse. Sans répondre, je me suis dirigée tranquillement vers la salle à manger et j'ai commencé à mettre le couvert.

En fait j'étais très déçue, et je n'ai pas ouvert la bouche de tout le dîner. Sauf pour manger, bien sûr !

Niko, lui, était excité comme une puce. Il n'arrêtait pas de parler et de m'envoyer des boulettes de pain. Ce qu'il peut m'agacer quand il est comme ça ! J'ai fait semblant de ne rien remarquer, et ça l'a énervé encore plus.

Alors, vers la fin du repas, il m'a lancé sur un ton ironique :

— Tu as une drôle de tête, Futékati... C'est à cause du film que tu as vu cet après-midi ? Il faisait si peur que ça ?

Sans perdre mon calme, je lui ai répondu qu'au contraire on avait ri pendant toute la séance. Et j'ai ajouté très sérieusement :

— Je te signale que c'est très mal de manger son fromage avec ses doigts.

— Arrêtez un peu ces disputes ridicules ! a soupiré papa. Je me demande parfois quel âge vous avez.

J'ai piqué du nez dans mon yaourt sans répondre, mais Niko, lui, n'avait pas l'intention de faire la paix. Il m'a regardée fixement, et tout à coup il a éclaté de rire.

— Qu'est-ce que c'est que cet horrible tee-shirt ? On dirait qu'il a été cousu dans une serpillière !

Je lui ai répliqué sèchement :

— Tu ferais mieux de regarder le tien. Il était tout propre ce matin, et maintenant il est aussi sale que si tu avais rampé dans un grenier.

Niko a ricané bêtement.

— Et toi, tu as un énorme bouton sur le menton.

— N'importe quoi ! Je n'ai pas un seul bouton ! Toi, par contre, tu as le nez tout rouge ! Exactement comme le jour où on était allé ramer sur le lac et que tu avais attrapé un coup de soleil, tu te souviens ?

— C'est la soupe qui m'a donné chaud, a répondu mon frère. Quelle idée, aussi, de manger de la soupe par cette chaleur !

Cette fois, papa s'est vraiment fâché. Il a tapé du poing sur la table.

— Je ne veux plus vous entendre jusqu'à la fin du repas, d'accord ? Au lieu de jacasser, tu ferais bien de te dépêcher, Niko, si tu ne veux pas qu'on rate le début du spectacle !

Niko et moi, on a eu un mal fou à garder notre sérieux, parce que le mot « jacasser » nous fait trop rire. Mais, quand papa est énervé, il vaut mieux

ne pas plaisanter, alors on s'est dépêché de finir de manger.

Après le départ de papa et de mon frère, j'ai regardé un DVD. Puis je suis allée me laver les dents et me mettre en pyjama.

Au moment de me glisser sous mes draps, j'ai eu une idée lumineuse. Je me suis relevée précipitamment, j'ai pris un feutre et une feuille de papier, et j'ai écrit un petit mot que j'ai déposé sur l'oreiller de Niko :

Niko, je sais très bien que tu n'as pas révisé ton contrôle de maths cet après-midi. Je parie que tu es allé jouer au foot avec tes copains ! Je te promets de ne rien dire à papa, mais tu n'as pas intérêt à m'embêter !

Niko va sûrement se demander comment j'ai deviné qu'il avait menti…

Et toi, tu sais pourquoi je suis certaine qu'il n'a pas passé l'après-midi à préparer son contrôle dans sa chambre ?

Il a attrapé un coup de soleil sur le nez, ce qui ne serait sûrement pas arrivé s'il était resté à la maison ! Et ce n'est pas en révisant un contrôle qu'il a pu salir son tee-shirt à ce point !

4

Mademoiselle Paprika perd la boule

Ce matin, Mademoiselle Paprika est arrivée à l'école en tenant à la main un petit panier à provisions.

— Vous avez apporté un goûter ? a demandé Max.

— C'est votre anniversaire ?

Vous avez fait un gâteau ? a ajouté Quentin.

— Absolument pas, a répliqué Mademoiselle Paprika en riant. D'ailleurs les gâteaux sont très mauvais pour les dents. Les fruits sont bien meilleurs pour la santé !

Et elle nous a montré ce que contenait son panier : un énorme pamplemousse, une belle orange et une clémentine.

On l'a tous regardée avec de grands yeux. J'ai beau être douée en arithmétique, je n'arrivais pas à comprendre comment on allait s'y prendre pour partager trois fruits entre vingt élèves...

— Je ne les ai pas apportés

pour que vous les mangiez, a expliqué la maîtresse. Aujourd'hui, nous allons étudier le mouvement des planètes. Le pamplemousse représentera le Soleil, l'orange sera la Terre, et la clémentine… Quelle planète sera la clémentine, à votre avis ?

J'ai répondu sans hésiter :

— La Lune !

— Bravo, Futékati ! a approuvé Mademoiselle Paprika. Mais nous verrons tout cela après la récréation. Pour l'instant, contrôle de grammaire.

Ça, c'était nettement moins amusant…

— Un peu de silence ! a dit la maîtresse en refermant le placard à fournitures dans lequel elle avait rangé les fruits. Prenez une feuille. Inutile de recopier les questions, vous noterez juste les numéros.

Et elle s'est mise à écrire au tableau. Rien que des questions auxquelles je ne savais pas répondre ! J'avais beau me creuser la cervelle, au bout d'un quart d'heure je n'avais trouvé que trois réponses. J'ai jeté un coup d'œil vers Pépita qui est de l'autre côté de l'allée.

Elle ne risquait pas de m'aider, elle n'avait encore rien écrit. Elle n'arrêtait pas de se pencher vers son sac et de farfouiller à l'intérieur. Elle essayait sans doute de regarder son livre de grammaire en douce.

Mais, tout à coup, un drôle de petit couinement est sorti du sac, et Pépita l'a refermé précipitamment en jetant un regard affolé vers la maîtresse. J'ai tout de suite compris pourquoi ! Pépita n'était pas du tout en train de regarder son livre, elle essayait d'empêcher Violette de sortir du sac.

Violette, c'est sa souris blanche. Normalement, elle n'a pas le droit de l'amener en classe. Je me demande bien pourquoi : Violette est très sage, très propre, et elle ne fait aucun bruit. Mademoiselle Paprika doit avoir peur des souris…

En tout cas, la dernière fois que Pépita est venue en classe avec sa petite bête, la maîtresse l'a conduite chez la directrice, et Madame Lambert a enfermé Violette dans un tiroir pendant toute une matinée.

J'ai piqué du nez dans mon cahier pour ne pas attirer l'attention de Mademoiselle Paprika. À force de réfléchir, je suis quand même arrivée à répondre encore à quelques questions. Lorsque la sonnerie de la récréation a retenti, j'en étais presque à la moitié.

On s'est tous précipités dans la cour.

— Tu es au courant, Pépita? a crié Corentin en passant. Il y a une épidémie de choléra qui s'attaque à toutes les souris blanches. Tu as intérêt à conduire Violette chez le vétérinaire!

Corentin adore asticoter les filles. Pépita est habituée, et en général elle ne se fâche pas. Mais elle déteste qu'on s'attaque à Violette. Elle a lancé un regard noir à Corentin.

— Si on organisait un match de foot ? a suggéré Mic qui n'aime pas les disputes.

— Je vais chercher le ballon ! a aussitôt crié Corentin en se dirigeant vers la salle de classe.

On n'a pas le droit d'y retourner pendant la récréation, mais Corentin ne se fait jamais prendre. Il attend que les maîtresses aient le dos tourné, puis il se glisse très vite dans le bâtiment. Même chose pour ressortir dans la cour. Sauf que là c'est plus difficile, car il ne faut pas qu'il se fasse repérer derrière la porte vitrée, au moment où il vérifie que la voie est libre.

— Tu as mis une éternité ! a

dit Max lorsque Corentin est revenu.

— La prochaine fois, tu iras toi-même, a protesté Corentin.

Mais Max avait raison. Corentin avait tellement traîné qu'on a à peine eu le temps de marquer deux buts avant la fin de la récréation.

— Et maintenant, a annoncé Mademoiselle Paprika, c'est l'heure de notre petit voyage dans l'espace.

Elle a tourné le loquet du placard à fournitures et fait coulisser la porte pour prendre les fruits.

Puis elle s'est redressée brusquement, le pamplemousse

dans une main et l'orange dans l'autre, et a déclaré d'un air mécontent :

— La Lune a disparu ! Qui d'entre vous l'a prise ?

— Vous avez perdu la Lune ? a demandé Rémi.

— La maîtresse a perdu la boule ! a murmuré Max.

— **P**ardon, Max, je n'ai **P**as

bien entendu, a dit Mademoiselle Paprika en s'approchant de lui. Tu **P**eux ré**P**éter ?

Lorsque Mademoiselle Paprika prononce les **P** en postillonnant, ça signifie qu'elle est plutôt en colère.

— J'ai rien dit du tout, maîtresse ! s'est empressé de répondre Max.

— C'est sûrement un Martien qui l'a volée, a suggéré Quentin.

Il a dit ça en prenant une affreuse voix de robot. Il était tellement drôle que j'ai été obligée de me cacher derrière Marion pour que la maîtresse ne me voie pas éclater de rire.

— Et à mon avis le Martien

s'appelle Corentin, a lancé tout à coup Pépita. Il a dû la prendre pendant la récréation, quand il est venu chercher le ballon de foot, et il l'a mangée !

Corentin lui a jeté un regard furieux en montrant les dents.

— Comment cela ? a demandé Mademoiselle Paprika. Tu es revenu ici pendant la récréation, Corentin ?

Corentin est devenu presque aussi rouge que son pull. Je n'aurais pas aimé être à sa place !

— C'est vrai, maîtresse, je suis revenu. Mais je vous jure que je n'ai pas pris la clémentine ! C'est Violette qui l'a mangée.

— Violette ? a répété Mademoiselle Paprika, l'air complètement effaré.

— La souris blanche de Pépita, a expliqué Corentin. Au moment où je prenais le ballon au fond de la classe, j'ai entendu des petits grattements

dans le placard. C'était sûrement elle !

Mademoiselle Paprika s'est approchée de Pépita, a ouvert son sac, et a reculé brusquement en poussant un grand cri.

— Je ne veux **P**lus jamais voir cette bestiole ici ! a-t-elle hurlé. **P**é**P**ita, tu vas me faire le **P**laisir d'em**P**orter immédiatement ton sac dans le couloir.

Pépita s'est levée et s'est dirigée vers la porte en traînant les pieds et en protestant :

— C'est dégoûtant ! Accuser une pauvre petite souris qui n'a jamais fait de mal à personne ! Elle ne sort jamais de mon sac, et en plus elle déteste les clémentines !

— Je l'ai pourtant bien entendue, a insisté Corentin.

Ça a été plus fort que moi. Je ne pouvais pas laisser accuser Violette injustement. J'ai levé la main très haut et j'ai dit aussi fort que j'ai pu :

— Violette est innocente, c'est évident !

— Ah bon, Futékati ? J'aimerais bien que tu m'expliques pourquoi tu es si sûre de toi ! a répondu Mademoiselle Paprika.

Et toi, tu sais pourquoi Violette n'a certainement pas mangé la clémentine ?

Parce qu'elle n'aurait pas pu tourner le loquet du placard.

De toute façon, je ne sais pas si les souris aiment les clémentines, mais ça m'étonnerait beaucoup qu'elles mangent la peau. Et il ne restait pas la moindre épluchure dans le placard... Corentin les a sans doute jetées dans la corbeille à papier d'une autre salle, ou bien dans les toilettes.

Table

Dans la même collection…

Cinq collégiennes douées de pouvoirs surnaturels.

Mini, une petite fille pleine de vie !

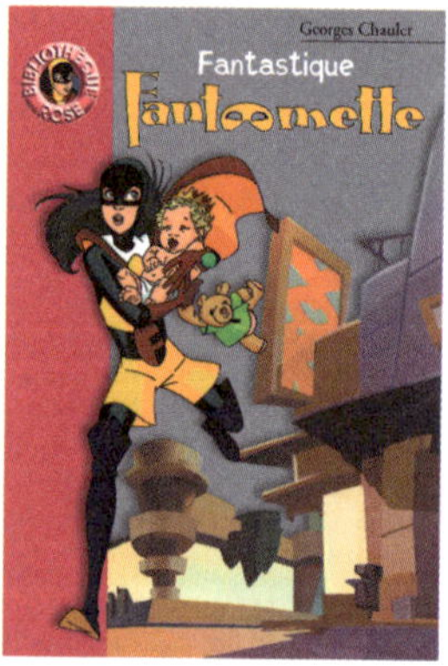

Fantômette, l'intrépide justicière.

Avec le Club des Cinq, l'aventure est toujours au rendez-vous.

Kiatovski, le détective
en baskets qui résout
toutes les enquêtes.

Dagobert,
le petit roi
qui fait tout à l'envers.

Rosy et Georges-Albert,
le duo de choc
de l'Hôtel Bordemer.

Avec Zoé,
le cauchemar devient
parfois réalité.

Imprimé en France par ***Partenaires-Livres®*** JL
n° dépôt légal : 48904 - septembre 2004
20.20.0953.01/8 ISBN : 2-01-200953-0
Loi n° 49-956 du 16 juillet 1949
sur les publications destinées à la jeunesse